AF223283

# BETTGESTÖBER

## Inhalt

# BETTGESTÖBER

ISEKAI NI TONDARA RIVAL NI HAMERARETEMASHITA!?
© 2018 Yuo Yodogawa
All rights reserved.

First published in Japan in 2018 by HOUBUNSHA CO., LTD., Tokyo.
German translation rights arranged with HOUBUNSHA CO., LTD.
through Tuttle—Mori Agency, Inc., Tokyo

Deutschsprachige Ausgabe / German Edition
© 2019 VIZ Media Switzerland SA
CH-1007 Lausanne
2. Auflage

Verlegt unter dem Label KAZÉ MANGA
durch VIZ Media Switzerland SA

**Aus dem Japanischen von Martin Bachernegg**

**Redaktion:** Kristina Yanaga

**Produktion:** Dorothea Styra

**Lettering:** Datagrafix Inc.

**Druck und Bindung:** GGP Media GmbH, Pößneck

Alle deutschen Rechte vorbehalten

ISBN 978-2-88921-176-0

Wenn Kazusa noch etwas mehr an Selbstvertrauen gewinnt, wird er womöglich zu einem richtigen Schwerenöter ...

MIR GEFÄLLT DAS MUTTERMAL UNTER KAZUSAS MUND, DAS ZUM VORSCHEIN KOMMT, WENN ER DEN MUNDSCHUTZ ABNIMMT. UND DER KUSS AUF DIE MASKE IST AUCH EINE MEINER LIEBLINGSSZENEN!

BEI „VOICE COMPLEX" HATTE ICH VIEL SPASS DABEI, YUTO ZU ZEICHNEN, WIE IHM DER KONTRAST ZWISCHEN KAZUSAS SÜSSEM GESICHT UND DESSEN TIEFER STIMME WOHLIGE SCHAUER ÜBER DEN RÜCKEN JAGT.

AUSSERDEM HABE ICH AUCH EINEN STIMMENFETISCH, WENN AUCH EINEN SEHR EINSEITIGEN. ICH FINDE NÄMLICH AUFSCHREIE FÜRCHTBAR HINREISSEND.

UNTER ALLEN GESCHICHTEN IN DIESEM BAND HAB ICH IN „MY MARSHMALLOW HONEY" DIE MEISTEN MEINER FETISCHE HINEINGEPACKT. ICH WOLLTE SCHON IMMER MAL EINE GESCHICHTE MIT EINEM STÄMMIGEN, MÜRRISCHEN DICKERCHEN ZEICHNEN. ALS ICH DAS OKAY BEKOMMEN HABE, DASS ICH MEINE GESCHICHTE MIT DEM MÜRRISCH-MOLLIGEN LIKE IN DER „API"-ANTHOLOGIE BRINGEN DARF, BIN ICH VOR FREUDE FAST DURCH DIE DECKE GEGANGEN.

IN „DIE ROLLE DES BESTEN FREUNDES" WOLLTE ICH MICH EINMAL AN EINER GESCHICHTE MIT EINEM UKE* VERSUCHEN, DER DARUNTER LEIDET, NUR DER BESTE FREUND ZU SEIN. ALS ICH BEGANN, MIR DAS KONZEPT ZU ÜBERLEGEN, PROBIERTE ICH MIT MEINER REDAKTEURIN EINIGES AUS. MAL TRAT YOKOZONO ZU WEIT IN DEN VORDERGRUND, MAL WAR DAS EINE NICHT GUT, DANN WIEDER WAS ANDERES. ZWISCHENDURCH WAR ICH MIT MEINER WEISHEIT VÖLLIG AM ENDE (HAHAHA!).

Karatachi ist echt arm dran, dass sich so ein Perversling in ihn verguckt hat ...

HUARGH

Ich bin im Paradies!

Aber gerade das macht die Geschichte aus!

HAAH

SCHNIEF

SQUISH ♡

UND DAS IST MEINE ERSTE GESCHICHTE OHNE SEXSZENE.

Akichika würde gern, aber Minoru ist wohl seelisch noch nicht ganz bereit dafür.

HNGAAH!

* PASSIVER PARTNER BEIM SEX.

... UND BESONDERS BEI EUCH, MEINEN LESERN, GANZ HERZLICH BEDANKEN!

ICH HOFFE, WIR SEHEN UNS IRGENDWANN WIEDER!

Häf a nais däi!

Sii juu ägen!

ZUM SCHLUSS MÖCHTE ICH MICH BEI MEINEN REDAKTEUREN, ALLEN AUS DER REDAKTION, DEN DESIGNERN ...

DIESMAL HAT MAN MIR BEI HANAOTO COMICS DIE MÖGLICHKEIT GEGEBEN, MEHRERE GESCHICHTEN ZU ZEICHNEN, UND SO KONNTE ICH DIESEN SAMMELBAND HERAUSBRINGEN!

Vielen Dank, dass ihr dieses Buch zur Hand genommen habt!

HALLO, ES FREUT MICH, EUCH KENNENZULERNEN! MEIN NAME IST YUO YODOGAWA. ICH WAR BISHER HAUPTSÄCHLICH IN DEN DIGITALEN MEDIEN AKTIV.

yuo yodogawa

WÄHREND DIE BEIDEN VERTAUSCHT WAREN, HAT DER AMATATSU AUS DER PARALLELWELT IM KRANKENZIMMER TIEF UND FEST IM OHNMÄCHTIGEN KÖRPER DES ANDEREN GESCHLAFEN.

AUCH WENN ER IN SEINE WELT ZURÜCKKEHRT, HAT ER VERMUTLICH VON ALLEN DIE GERINGSTE AHNUNG, WAS PASSIERT IST.

IN DER TITELGESCHICHTE KOMMT DIE IDEE VON PARALLELWELTEN VOR. EINEN MANGA ZU SO EINEM THEMA WOLLTE ICH SCHON LÄNGER EINMAL ZEICHNEN. ICH MAG GESCHICHTEN MIT KLEINEN ÜBERNATÜRLICHEN ELEMENTEN, DIE IN DER MODERNEN WELT SPIELEN. DARUM HATTE ICH BESONDERS VIEL SPASS DABEI, DEN MOMENT ZU ZEICHNEN, ALS AMATATSU IN DER ANDEREN WELT AUFWACHT.

Sen Yorioka

Amatatsu Kasai

SCHLUMMER

Ein Grapscher ohnegleichen ...

UND SEN HAT IRGENDWIE MEHR VON EINEM ALTEN LUSTMOLCH, ALS ICH GEPLANT HATTE

JETZT HABE ICH ZWAR VON PARALLELWELTEN GEREDET, ABER ICH HABE BEWUSST VAGE GELASSEN, OB ES SICH UM EINEN TRAUM ODER TATSÄCHLICH UM EINE ANDERE WELT GEHANDELT HAT. LETZTLICH IST ES SO: WENN AMATATSU MEINT, ES WAR EINE ANDERE WELT, DANN WAR ES EINE. WENN ER MEINT, ES WAR EIN TRAUM, DANN WAR ES EBEN EIN TRAUM.

Hä?!

GATACK

WENN DU DICH SAUBER MACHEN WILLST, DAS WASCHBECKEN IST DA DRÜBEN.

...

HIER, NIMM DIR DAS HANDTU...

...?!

TWOFF

STREICHEL

GENAU.

WENN DU DICH AN SIE RANMACHST, VERPASST ER DIR EINE.

AUSSERDEM, WENN ICH VER- SUCHEN WOLLTE, DIE CHEFIN ANZUMACHEN, ...

Teilzeit- Barkeeper/ -Bodyguard

... DANN BEKÄME ICH ES DOCH MIT DIR ALS IHREM BODYGUARD ZU TUN, ODER?

...

Du hast so schöne Hände, Azusa. ♡ ♡

Auch wieder wahr ...

KNIRSCH

KNACK

GRAP

UND GENAU WEGEN SOLCHEN TYPEN WIE DIR, HAB ICH DIESEN JOB.

AU AU AU! NICHT DOCH! WAR DOCH NUR EIN SCHERZ!

MANN, DU HAST IHN DOCH ANGE- SCHLEPPT!

HEHE

HEHE

NA, ABER DA HAST DU DIR JA EIN LUSTIGES KERLCHEN ANGELACHT!

NEIN, ALSO WIRKLICH ...

SO KÖNNTE MAN DAS SAGEN.

DAS HEISST ALSO, DU WARST BLOSS HAPPY, ...

... WEIL DU'S GESCHAFFT HAST, DICH MIT JEMANDEM ANZUFREUNDEN ...

... UND HAST DAS GEFÜHL VÖLLIG FALSCH INTERPRETIERT?

MANN, DU BIST ECHT KOMPLIZIERT!

WAMPF

NA, WENN DU MEINST.

SIE WAR SAUER, ABER ICH GLAUBE, SIE HAT ES VERSTANDEN.

ICH HOFFE, DU HAST DICH BEI IHR ENTSCHULDIGT!

DAS WAR ABER YOKOZONO GEGENÜBER AUCH NICHT SEHR NETT.

ALSO WIRKLICH, ...

HAACH

... WAS WÜRDEST DU NUR OHNE MICH TUN, AKICHIKA?

ENDE

130

WAS WILLST DU DENN MIT MIR BESPRECHEN, AKICHIKA?

...

„LIEBE IST ..."

AKICHIKA?

HUCH

YOKOZONO, ...

... ICH ...

... JETZT IST ES RAUS.

ABER SO WIE ER REAGIERT HAT, ...

... HAT ER'S WOHL NICHT KAPIERT.

AKICHIKA, …
… ICH HAB DICH LIEB …
… ALS DEIN BESTER FREUND.
?
DANKE DIR.
HAACH, …

ICH MUSS ...

... AKICHIKA BEI SEINEM LIEBESGLÜCK ...

... DOCH UNTERSTÜTZEN UND DEN RÜCKEN STÄRKEN.

DESHALB ...

... MUSS ICH MEINE GEFÜHLE FÜR IHN WEG-SPERREN ...

NEIN, WARTE ... DAS KANN NICHT SEIN.

MIST ...

... KAUM HAB ICH BEGRIFFEN, WAS MIT MIR LOS IST, BRICHT ES MIR DAS HERZ.

DAS WÜRDE JA BEDEUTEN, ICH BIN ...

ICH KÖNNTE AKICHIKA SICHER NIE SO GLÜCKLICH MACHEN WIE DIE SÜSSE YOKOZONO.

ICH HAB NUR NOCH AKICHIKA IM KOPF ...

... UND WILL IHN GANZ FÜR MICH ALLEINE ...

ICH BIN SCHLIESSLICH EIN MANN ...

ABER ...

... WIR HABEN GEMEINSAM SO VIELE SCHÖNE MOMENTE ERLEBT ... WIR WAREN IMMER FÜREINANDER DA, WENN'S DRAUF ANKAM ...

ICH WILL NICHT, DASS SIE IHN MIR WEGNIMMT.

ÄHM ...

MOMENT MAL, DAS ...

HUCH

AKICHIKA WAR SCHON IMMER JEMAND, DEN ICH EINFACH NICHT LINKS LIEGEN LASSEN KONNTE.

ER HAT SICH TATSÄCHLICH DRAN GEHALTEN, WAS ICH IHM GERATEN HABE.

MANCHMAL HAB ICH'S AUCH ETWAS ÜBERTRIEBEN.

ABER SELBST WENN ER SICH BESCHWERT HAT, ...

... HAT ER MIR IMMER ZUGEGEHÖRT UND MEINE MEINUNG ERNST GENOMMEN.

... DASS ICH DER EINZIGE BIN, DEM ER SEIN VERTRAUEN SCHENKT.

TROTZDEM DARF ICH NICHT SO EINGEBILDET SEIN UND GLAUBEN, ...

MAL SCHAUEN, OB AKICHIKA SCHON MIT SEINER BIBLIOTHEKS-ARBEIT FERTIG IST …
OH, MAN SIEHT NICHT OFT, DASS ER EINEM MÄDCHEN HILFT.
So schwer
Dass du die so locker halten konntest, Yokozono ..
Soll doch lieber ich sie tragen?
STEMM
HEISST DAS ETWA, DASS ER INTERESSE AN YOKOZONO HAT?
TJA, SIE IST SCHON EIN NETTES MÄDCHEN.
Wirklich süß.
SO ERLEB ICH IHN ZUM ERSTEN MAL.

PATSCHING ☆

ALSO GUT!

DAMIT IHR EUCH NÄHERKOMMT UND NOCH BESSER VERSTEHT, ...

... GIBT DIR DER GUTE MINORU NOCH EIN PAAR TIPPS!

ALSO, WENN SIE SICH IRGENDWIE ABMÜHT, ...

... HILFST DU IHR GANZ LÄSSIG AUS.

UND PASS AUF, WAS DU SAGST!

Da... Danke schön.

Das ist doch schwer. Lass mich das tragen.

Du trittst immer so schnell ins Fett-näpfchen.

AB UND ZU EIN LÄCHELN, DANN WIRD IHR HERZ GLEICH HÖHERSCHLAGEN!

UND VERSUCH HIN UND WIEDER MAL ZU LÄCHELN.

SIE HILFT WIE ICH IN DER BIBLIOTHEK AUS UND DA SIND WIR INS GESPRÄCH GEKOMMEN.

ES FÄLLT MIR TOTAL LEICHT, MIT IHR ZU REDEN.

HAAACH! DANN ERLEBST DU WOHL AUCH ENDLICH DEINE ERSTE LIEBE!

HI! HI!

ICH VERSTEHE.

EGAL! ES GEHT JA UM IHN, NICHT UM MICH.

Und hopp ...

OH MANN ... DANN HAT ER JETZT ALSO AUSSER MIR NOCH JEMANDEN, MIT DEM ER REDEN KANN.

EINERSEITS FREUT MICH DAS FÜR IHN, ABER ANDERERSEITS ...

JETZT SAG BLOSS, DU HAST DICH VERLIEBT, AKICHIKA!

... SO UNGEFÄHR.

ALSO, SO WÜRD ICH ES NICHT GLEICH SAGEN, ABER SIE INTERESSIERT MICH EIN BISSCHEN.

³ Wie gemein!

Spiel mit dir allein.

Akichika! Lass uns Fußball spielen!

Kein Interesse. Wir gehen nachher zum Karaoke. Willst du auch mitkommen?

...UND NICHT VIEL FÜR ANDERE ÜBRIGHAT.

UND DAS, OBWOHL ER SONST SO ABWEISEND IST...

GESPANNT

UND? WIE IST SIE SO?

IST DOCH TOLL! ICH DRÜCK DIR DIE DAUMEN!

HA HA

GRRR

HRMPF

PATSCH

PATSCH

Die Rolle des besten Freundes

GUTEN MORGEN! OH, ...

JA, OHNE IHN FÜHL ICH MICH EINFACH NICHT WOHL ...

... DU HAST JA NOCH IMMER DEN MUNDSCHUTZ AUF.

MIST, DAS IST SO SÜSS!

Hnng ...

ZITTER

ZITTER

... UND ALLES DAHINTER IST JA OHNEHIN NUR FÜR DICH DA.

LÄCHEL

ENDE

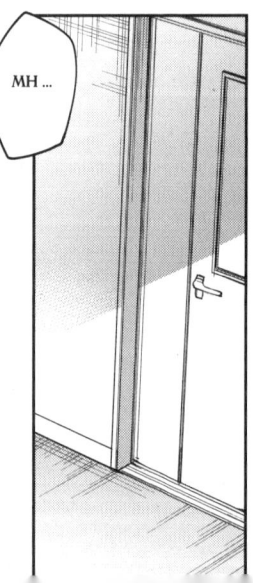

HAAH

HAH

KAZUSA!

TUT MIR LEID!

ICH DACHTE, DAS WÄR 'NE GUTE IDEE, ABER DAS WAR WOHL ETWAS ZU VIEL.

HAAH

HFF

KLACK

SORRY! WIRKLICH! ES TUT MIR SO LEID!

DICH TRIFFT ... KEINE SCHULD, ... YUTO ...

NACH ALL DEN GERÜCHTEN BIN ICH ÜBERRASCHT, ...

WENN ICH IHN RICHTIG VERSTANDEN HABE, IST ER BEREIT, AN SICH ZU ARBEITEN.

DER KERL MACHT MICH FERTIG.

WIE KANN DER NUR SO SÜSS SEIN?

... DASS ER SO EIN NETTER, VERNÜNFTIGER TYP IST.

MAMPF

MAMPF

SSSLRP

POCI

ÄHM, NA JA ... JA, ICH HAB ...

DU HATTEST DOCH LETZTENS DIESES MAGAZIN BEI DIR ...

... 'NE KLEINE SCHWÄCHE FÜR SCHÖNE TIEFE STIMMEN ... EGAL OB BEI SYNCHRONSPRECHERN ODER SCHAUSPIELERN.

Alles okay?

SPROTZ

SAG MAL, ...

... KANN ES SEIN, DASS DU EIN FAN VON SYNCHRONSPRECHERN BIST, YUTO?

ABER BEHALT DAS BITTE FÜR DICH, OKAY?

PSSST

....!

DAN...

...KE, ...

...
NETT ...

... VON
DIR.

GRAP

FÜRS ERSTE
ÜBST DU MAL,
MIT MIR ZU
REDEN!

ZUCK

SO EINE
SCHÖNE STIMME
UND ER BENUTZT
SIE NICHT!
WAS FÜR EIN
JAMMER!

KNICK

Voice Complex

ENDE

ICH
AUCH ...

ICH
LIEBE DICH
AUCH,
...

... ALLES
AN DIR!

IM
INNERSTEN
...

... SIND SIE
TATSÄCHLICH
EIN UND
DERSELBE.

... ICH BIN ...

... SCHON LANGE IN DICH VERLIEBT!

WENN ICH DICH GEÄRGERT HABE, HAST DU NACHHER IMMER SO VERLEGEN ZU MIR HERGEGUCKT, ...

ACH, ...

... DAS FAND ICH EINFACH UNFASSBAR SÜSS ...

... ALSO DOCH!

HI HI

GRAP

UND DESHALB HAB ICH MICH IN DICH ...

SORRY ...

VERGISS, WAS ICH GESAGT HAB.

46

DAS IST BESSER, ALS MICH EWIG DAMIT RUM- ZUQUÄLEN.

DA IST WAS, DAS ICH DIR ERZÄHLEN WILL.

ABER LACH NICHT, ICH MEIN'S ERNST, KLAR?

KLAR ...

SIPP

ALS ICH NEULICH OHNMÄCHTIG WAR, ...

... HABE ICH GETRÄUMT ... ODER VIELLEICHT WAR ES AUCH 'NE ART PARALLELWELT ...

JEDENFALLS ...

44

ABER ER SAGT KEIN WORT.

MACHT ER SICH VIELLEICHT SORGEN UM MICH?

...

W... WAS IST JETZT? WIESO SETZT ER SICH NEBEN MICH?

IST ER MIR ETWA NACHGE-LAUFEN?

ACH, WAS SOLL'S!

ERZÄHL ICH IHM EBEN, WAS MIT MIR LOS IST.

DAS WÄR ZU SCHÖN, UM WAHR ZU SEIN.

SEUFZ

SEN ...

ZOSCH

...!

BDUMM

!

... ABER
DURCH DIESEN
BESCHEUERTEN
TRAUM SEHE
ICH IHN PLÖTZ-
LICH MIT GANZ
ANDEREN AUGEN.

FRÜHER
WÄRE ICH
BEI SO EINEM
SPRUCH SOFORT
AUF IHN LOS-
GEGANGEN, ...

Das hat mich echt überrascht.

ABER ES STIMMT, SEIT DEM UNFALL BENIMMT ER SICH SELTSAM ...

NA JA, ERST MAL ABWARTEN ...

PUH

MIST!

JETZT GEH ICH IHM AUCH NOCH AUS DEM WEG. WIE PEINLICH!

Spinnst du? Lass das!

TOCK

DAS WAR ALLES NUR EIN TRAUM.

UND DIESE GEFÜHLE SIND AUCH BLOSS ...

... EIN- BILDUNG ...

HMPF

SEUFZ

WUPP

SCHRECK

...

!

Einfach davonge-
laufen ...

Er ist
abge-
hauen
...

SEN, ...

KEINE
AHNUNG!
ICH WEISS
NUR, WAS
ER MIT MIR
GEMACHT
HAT!

WIRKLICH
NICHT? UND
WARUM WIRKT
ES DANN SO,
ALS HÄTTE ER
ANGST VOR
DIR?

... WAS ZUM
HENKER HAST
DU MIT IHM
GEMACHT?

NICHTS,
GAR NICHTS!

ICH TRÄUM JEDE NACHT NUR NOCH VON SEN ...

MIR IST NICHT MEHR ZU HELFEN ...

AAAAAARGH

IST NICHT WAAAAHR!

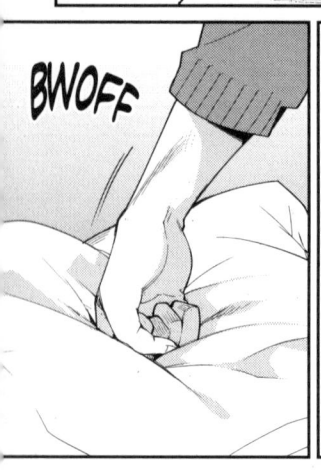

BWOFF

... WEGEN DIESER VÖLLIG UNREALISTISCHEN PARALLELWELT ... ODER WAS AUCH IMMER DAS WAR! WENN SEN DA NICHT GESAGT HÄTTE, DASS SEIN ANDERES ICH GANZ SICHER AUCH AUF MICH STEHT, ...

... WÜRDE ICH JETZT NICHT HIER SITZEN UND ...!

PWOFF PWOFF

PWOFF

UND DAS ALLES NUR, ...

PWOFF

PWOFF PWOFF

WIESO BIN ICH NUR SO VERLEGEN, WENN ICH IHN SEHE? ICH KOMM MIR VOR WIE EIN IDIOT ...

HEY, AMATATSU.

DER VIERZEHNTE ...?

DER WIEVIELTE IST HEUTE?!

RATTER

HEISST DAS, ICH BIN ZURÜCK IN MEINER WELT?

WAS? NA, DER VIERZEHNTE.

ACH JA!

SEN!

HASP

OH ... HEY! BIST DU AUFGEWACHT, AMATATSU?

SEN ...

WAAAH

WAPP

WAPP

DAS WAR DER PERFEKTE MOMENT, UM NEIN ZU SAGEN! WAS MACH ICH DENN, ICH IDIOT!

KLAR?! NICHTS IST KLAR, VERDAMMT!

AAAH

TWOFF

DANN ... HAT ER MICH WOHL ...

...

OB WIR UNS ... MORGEN ... ECHT KÜSSEN?

NICK

WUPP

JA, ICH KANN'S MIR NÄMLICH BEIM BESTEN WILLEN NICHT ERKLÄREN.

SLURP

HÄ? WIESO ICH MICH IN DICH VERLIEBT HABE?

SSSLURP

...

HMMM

AM ANFANG ...

... WENN ICH DICH GEÄRGERT HAB, ...

... FAND ICH'S EINFACH WITZIG, WIE DU REAGIERT HAST, ...

... ABER DANN ...

... ABER WIR REDETEN AUCH VIEL MITEINANDER, ALBERTEN HERUM ...

... UND HATTEN EHRLICH GESAGT VIEL SPASS ZUSAMMEN.

IN DEN DARAUF-FOLGENDEN TAGEN ...

... LIESS ER ZWAR DAS GRAPSCHEN NICHT SEIN, ...

Morgen, Ama! ♡

Lass das!

WENN DER ANDERE SEN AUCH SO OFFEN UND NETT WÄRE, ...

... DANN ...

SQUISH

HUCH

Oooh ...    IRGENDWIE ...

HALT MAL, WAS DENK ICH DENN DA?!

... IST ER SÜSS ...

ABER ...

... WAS MACH ICH DENN JETZT?

DIESEN SEN HIER FIND ICH GAR NICHT SO ÜBEL ...

WA...?

... VIELLEICHT IST DAS GAR NICHT SO ABWEGIG, WIE DU DENKST.

HÄ?

NA GUT!

EGAL, OB PARALLELWELT ODER NICHT, WENN WIR DIE GLEICHE PERSON SIND, ...

... DANN STEHT ER MIT SICHERHEIT AUCH AUF DICH.

DANN MUSS ICH DICH EBEN EINFACH NOCH MAL RUMKRIEGEN, FÜR MICH UND MEIN ANDERES ICH.

PLING

HÄ?!

ZUPP

... UND IM NÄCHSTEN MOMENT HAB ICH IN DIR GESTECKT?

AHA ... DAS HEISST ALSO, DU BIST OHNMÄCHTIG GEWORDEN ...

TJA, ICH MUSS ZUGEBEN, DA WÄR SICHER JEDER ÜBERRASCHT, WENN IHM PLÖTZLICH SO WAS PASSIEREN WÜRDE.

DAS STIMMT ZWAR, ABER MIR GEFÄLLT NICHT, WIE DU DAS SAGST.

MIT DEM WÜRDE ICH DOCH NIEMALS WAS ANFANGEN.

DER SEN, DEN ICH KENNE, IST JEDENFALLS EIN ECHTER MISTKERL.

NA JA, ...

...

... WAR DA AUCH EIN FOTO VON SEN UND MIR IN MEINEM ZIMMER, ...

... DAS ICH NOCH NIE ZUVOR GESEHEN HATTE.

HEY, AMA, DEIN SÜSSER HINTERN SIEHT HEUTE BESONDERS KNACKIG AUS.

UND ICH FAND HERAUS, ...

ZUCK

... DASS SEN EIN EXTREM AUFDRINGLICHER GRAPSCHER IST.

KNET KNET

SQUISH

Ich geh dann mal!

Hä?!

UWÄÄH

... STELLTE ICH IN DEN NÄCHSTEN TAGEN MEHRERE DINGE FEST.

NACHDEM ICH FLUCHTARTIG VON DORT ABGEHAUEN WAR, ...

ICH WEISS NUR, DASS DU MIT SEN ZUSAMMEN ZU MITTAG GEGESSEN HAST.

ZUERST FRAGTE ICH MEINE KUMPELS, DIE DEN UNFALL AM VORTAG MIT-ERLEBT HATTEN, WAS PASSIERT WAR.

OFFENBAR HATTE MIR NIEMAND EINEN BALL AN DEN KOPF GEWORFEN.

HÄ? GESTERN MITTAG? EIN UNFALL? ICH HAB NICHTS MITBEKOMMEN.

DANN ...

AUSSERDEM GAB ES IN MEINER KLASSE PLÖTZLICH EINIGE UNBEKANNTE GESICHTER.

Ich bin doch in der richtigen Klasse, oder?

HÄÄÄ?!

Ein Paar?!

Etwa in seinem Zimmer?

HÄ? WILL DER MICH VERARSCHEN?

UND WO BIN ICH ÜBERHAUPT?

WIE?! WAS?! MOMENT MAL! HAB ICH MICH VERHÖRT?

EIN PAAR? SEN UND ICH?

HAH

GANZ RUHIG! ICH MUSS MICH ERINNERN ...

ERST HAB ICH IHM DIE MEINUNG GEGEIGT ...

JA, RICHTIG! DANN HAT MICH WAS AM KOPF ...

?!

GRAP

...

HÄH?

UND WIESO NENNST DU MICH „AMA"?

WI... WIESO STECKST DU MIR DEIN ... DEIN DING REIN?

WIESO? DU BIST GUT ...

HACH

...?

WIR SIND DOCH EIN PAAR, ODER NICHT?

Bettgestöber Teil 1